图书在版编目（CIP）数据

妈妈的妈妈小时候/凌嵩文图．—北京：北京理工大学出版社，2016.6（2016.10重印）

（我们小时候绘本）

ISBN 978-7-5682-2120-7

Ⅰ.①妈… Ⅱ.①凌… Ⅲ.①儿童文学－图画故事－中国－当代 Ⅳ.① I287.8

中国版本图书馆 CIP 数据核字 (2016) 第 063697 号

出版发行 / 北京理工大学出版社有限责任公司

社　　　址 / 北京市海淀区中关村南大街 5 号

邮　　　编 / 100081

电　　　话 / （010）68914775（总编室）

　　　　　　（010）82562903（教材售后服务热线）

　　　　　　（010）68948351（其他图书服务热线）

网　　　址 / http://www.bitpress.com.cn

经　　　销 / 全国各地新华书店

印　　　刷 / 北京地大天成印务有限公司　　　　　　责任编辑 / 马永祥

开　　　本 / 889 毫米 ×1194 毫米 1/16　　　　　　文案编辑 / 马永祥

印　　　张 / 2.5　　　　　　　　　　　　　　　　　策划编辑 / 张艳茹

字　　　数 / 30 千字　　　　　　　　　　　　　　　责任校对 / 陈　玉

版　　　次 / 2016 年 6 月第 1 版　　2016 年10月第 4 次印刷　　责任印制 / 王美丽

定　　　价 / 28.00 元　　　　　　　　　　　　　　　装帧设计 / 蒲春树

图书出现印装质量问题，请拨打售后服务热线，本社负责调换

妈妈的妈妈
小时候

凌嵩 文/图

北京理工大学出版社
BEIJING INSTITUTE OF TECHNOLOGY PRESS

我住在简陋的房子里，
却有爸爸妈妈满满的爱。

有时候到大食堂吃饭，
有好多人，就像一个
超级大的大家庭。

每次村里放电影，都早早搬小板凳去等，
我最喜欢看《草原英雄小姐妹》了。

最喜欢穿的"绿军装"有些小了，
有很多补丁，妈妈说："新老大，
旧老二，缝缝补补给老三。"

能读书上学，我觉得好高兴，
我的妈妈就没有上过学，一
个字都不认识呢。

放学了，就到免费书摊看小人书，老红军爷爷还给我们讲当年打鬼子的故事呢。

饭后，天还亮着，我拿着爸爸做的小木枪和伙伴们玩打仗游戏。

晚上都是点着煤油灯学习，
有时妈妈也给我们讲讲她
小时候的事儿。

我经常和小伙伴们一起
"除四害"，追着老鼠
苍蝇满街打，可有意思了！

农忙的时候，我会帮大人一起干活，
去生产队的打谷场翻晒稻谷。

我经常和爸爸去村东头老树下的古井里打水。井水真甜啊，养活了整个公社的人呢。

丰收的季节，苹果树、梨树、柿子树上长满了果子，和小伙伴们上树吃果子喽！

放学路上，看见张爷爷挑着担子摔倒了，我和小伙伴们赶紧扶起爷爷，帮忙捡果子。

妈妈做玉米面饼、炖野菜，我来拉风箱。妈妈说，过年就能吃上白面饺子了。

过年了，城里的舅舅给了我们家肉票和粮票，去供销社买年货喽！

为人民服务

我的理想是，

长大后成为一名解放军战士。